Los seis soles

Cuento de la tradición oral de la China

Lada Josefa Kratky

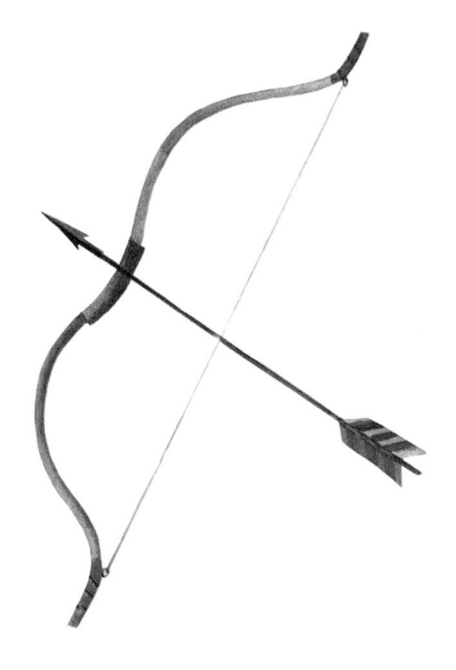

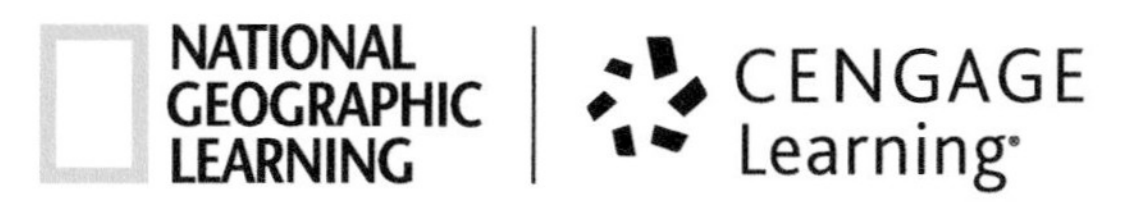

Sabemos que hoy día hay solo un sol en el cielo, pero hace muchísimos años había seis. Cada uno de los seis soles se creía rey. Cada uno se creía el más fuerte de todos y quería probarlo.

Un día, uno de los soles dijo:

—Miren. Mis rayos quemaron las ramas de esos árboles.

Otro sol respondió:

—Eso no es nada. Mis rayos quemaron todo ese arrozal.

Otro sol dijo:

—Mis rayos secaron esa laguna y dejaron puro barro.

Y aun otro dijo:

—Pues mis rayos secaron ese barro y dejaron puro polvo.

Pero mientras los soles así jugaban y reían, la gente en la tierra sufría.

Ya no le quedaba a la gente ni agua ni arroz. No había nada que comer y poco que tomar. Por fin se reunieron todos y decidieron que tendrían que bajar los soles del cielo. Lo harían a puros flechazos.

Llegaron los mejores arqueros, con sus fuertes arcos y largas y afiladas flechas. Dispararon hacia el cielo, pero las flechas no llegaron ni cerca.

—Erré —decía uno tras otro. Los soles estaban demasiado lejos.

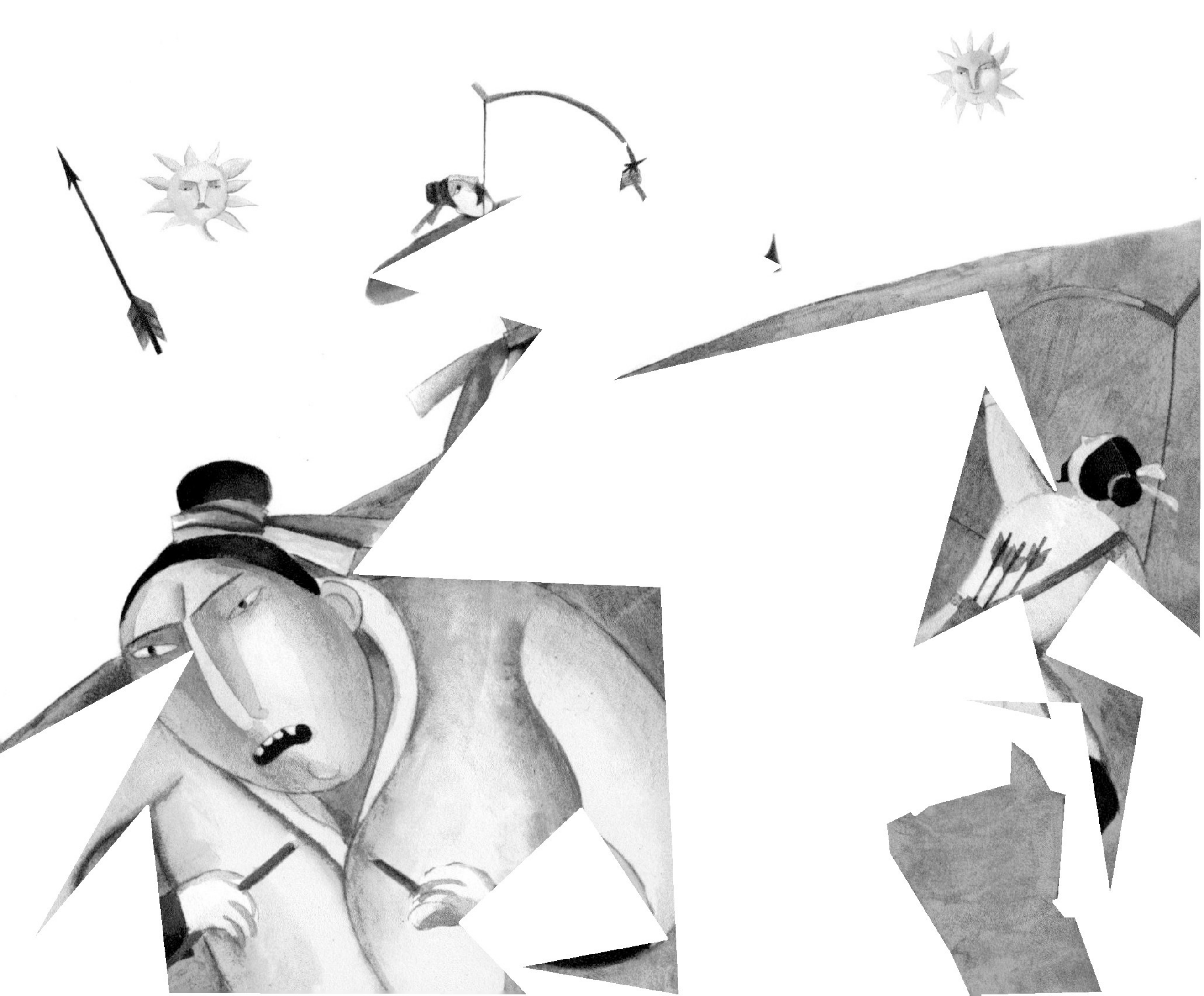

Desanimada, la gente no sabía qué hacer. En eso, llegó un arquero de un pueblo lejano. Tenía un arco igual que los demás y flechas igual de largas. Pero este arquero, además de ser fuerte, era también ingenioso.

—Las flechas nunca llegarán —dijo el arquero del pueblo lejano—. Tenemos que probar otra cosa.

Vio entonces una lagunita que quedaba en la aldea, y en ella el reflejo redondo de cada uno de los seis soles. Disparó sus flechas a un reflejo y luego a otro, hasta que uno por uno hizo desaparecer a cinco de los reflejos. Sin poder ver sus reflejos, los cinco soles desaparecieron del cielo.

El sexto sol quedó aterrorizado. Se escondió en una cueva para que no lo vieran, y allí se quedó. Decidió que no saldría de allí ni por nada.

Al principio, la gente estaba satisfecha. Habían desaparecido cinco soles. Solo quedaba uno, y ese no aparecía. Pero poco a poco se dieron cuenta de que necesitaban el sol. Sin él, no crecía el arroz. Sin él hacía mucho frío. Sin él no había días. Todo era una noche constante.

Decidieron que tendrían que buscar a alguien que hiciera salir al sol. Pidieron al tigre que lo llamara. El tigre rugió y rugió con su terrible voz. El sol protestó:

—¡Qué ruido tan horrible!

Pidieron a la vaca que lo llamara. Ella mugió y mugió, pero el sol seguía rezongón y espantado.

Por fin, pidieron al gallo que cantara e invitara al sol a salir. El gallo miró hacia el cielo y cantó:

—¡Qui quiri quiiiii!

El sol exclamó:

—¡Qué voz tan preciosa!

El canto del gallo alegró tanto al sol que salió de su cueva oscura, llenó el mundo de luz, y le hizo al gallo una linda coronita roja para su cabeza.

Desde ese día, cada mañana el gallo, con su coronita roja, pide al sol que salga. Y el sol, hasta ahora, siempre ha salido.